Désiré Girouard

L'arbitrage provincial

Antigonos

Désiré Girouard

L'arbitrage provincial

Réimpression inchangée de l'édition originale de 1871.

1ère édition 2024 | ISBN: 978-3-38813-899-2

Antigonos Verlag est une marque de Outlook Verlagsgesellschaft mbH.

Verlag (Éditeur): Outlook Verlag GmbH, Zeilweg 44, 60439 Frankfurt, Deutschland, info@outlook-verlag.de
Vertretungsberechtigt (Représentant autorisé): E. Roepke, Zeilweg 44, 60439 Frankfurt, Deutschland
Druck (Imprimerie): Libri Plureos GmbH, Friedensallee 273, 22763 Hamburg, Deutschland

L'ARBITRAGE PROVINCIAL.

(*Extrait de la Revue Critique de Législation et de Jurisprudence du Canada.   Vol. I, pp. 68-88.*)

L'article 142 de l'Acte de l'Amérique Britannique du Nord, 1867, déclare : "Le partage et la répartition des dettes, crédits. obligations, propriétés et de l'actif du Haut et du Bas-Canada seront renvoyés à la décision de trois arbitres, dont l'un sera choisi par le gouvernement d'Ontario, l'un par le gouvernement de Québec et l'autre par le gouvernement du Canada ; le choix des arbitres n'aura lieu qu'après que le parlement du Canada et les législatures d'Ontario et de Québec auront été réunis ; l'arbitre choisi par le gouvernement du Canada ne devra être domicilié ni dans Ontario ni dans Quebec." L'acte ne contient aucune autre disposition sur l'Arbitrage Provincial.

Conformément à cette clause, trois arbitres furent choisis : L'honorable J. H. Gray, M. P., pour le Gouvernement du Canada ; l'honorable Juge C. D. Day, pour le Gouvernement de Québec, et l'honorable D. L. Macpherson, Sénateur, pour le Gouvernement d'Ontario. Les honorables arbitres commencèrent à procéder ; mais avant l'enquête, la plaidoirie des parties et l'instruction finale de la cause, l'honorable Juge Day envoya au Gouvernement de, Québec sa résignation, qui fut acceptée et signifiée sans délai aux deux autres arbitres. Malgré les protestations de la Province de Québec, les honorables Gray et Macpherson jugèrent qu'ils avaient le pouvoir de continuer la procédure et de décider seuls la matière de l'arbitrage ; et de fait le 1er Septembre dernier, après avoir tenu plusieurs séances où la Province d'Ontario fit sa preuve et fut entendue au mérite, en l'absence de l'avocat du Gouvernement de Québec, une sentence fut rendue par la majorité des arbitres, pour les raisons énoncées dans leur rapport et qui sont aussi exposées dans le *Canada Law Journal* de Toronto. *

La Province de Québec, qui s'estime lésée par cette sentence, proteste contre sa justice et sa légalité ; et à la prochaine session du Parlement du Canada, la question sera soumise à la Chambre des Communes. Nous espérons qu'une étude du sujet uniquement au point de vue du droit et en dehors de toute considéra-

---

* Livraison d'août 1870, pp. 212-218.

tion ou influence politique, ne sera pas sans intérêt au Barreau en particulier et au public en général.

La loi commune de l'Angleterre, spécialement introduite en matières civiles dans la Province d'Ontario, exige l'unanimité des arbitres dans les arbitrages d'une nature privée, à moins que le contraire ne soit stipulé dans le compromis ou la soumission. Au contraire, dans la Province de Québec, où le droit commun Français gouverne, la majorité est alors suffisante, à moins que ce pouvoir ne soit enlevé par le compromis. Enfin en matière d'arbitrage public, la règle du droit commun Anglais est que la majorité suffit, même lorsque la commission des arbitres est silencieuse à cet égard ; et c'est cette règle que les honorables Gray et Macpherson ont cru devoir adopter.

Après avoir cité une couple d'arrêts plus ou moins douteux des tribunaux anglais et quelques décisions plus positives des cours americaines, les honorables arbitres concluent : " These cases then determine that in matters of public arbitration or reference, though provisions to that effect be not specially made, the decision of a majority shall be incident to the reference. The 142nd section of the British North America Act, 1867, must come within this rule ; were it not so intended, the section would be superfluous, because one party in a great question of public importance could prevent a decision."*

Les honorables arbitres sont d'opinion que cette règle du droit commun anglais doit s'appliquer à l'Acte de l'Amérique Britannique du Nord, parceque s'il en était autrement, l'une des parties pourrait empêcher une décision. Véritablement, on a raison d'être surpris d'entendre des juges, saisis d'une cause aussi importante que celle de l'Arbitrage Provincial, décider des questions de droit sur des motifs *ab inconvenientibus*. Comme tous juges, les honorables arbitres étaient chargés d'appliquer la loi et non pas de la réformer ; ils devaient juger sans égard aux inconvénients, sans même considérer si la commission deviendrait caduque ou illusoire avec la règle de l'unanimité des arbitres.

N'est-il pas étonnant de voir des légistes anglais s'alarmer des vices et des dangers du principe de l'unanimité arbitrale, eux qui sont appelés tous les jours à le mettre en pratique, lorsqu'il s'agit des intérêts privés qui pourtant sont dans certains cas d'une grande valeur ? Enfin, s'il est un cas où ce principe doit être

---

accepté, c'est celui de l'arbitrage public, parcequ' alors les matières en litige sont en général d'une haute importance et qu'elles necessitent les meilleures conditions d'un juste examen ? Faut-il ajouter que la décision unanime des arbitres offre plus de garantie que celle de la majorité.

Mais laissons là les données de la raison et du bon sens, pour nous arrêter au droit particulier consacré par les honorables Gray et Macpherson.

Lorsque l'honorable juge Day se retira, la cause n'était pas finalement instruite, ni prête à être jugée, l'enquête n'étant pas même commencée. En référant au rapport du *Canada Law Journal*, tout bref qu'il soit sur les faits, on voit que cette résignation fut amenée par la décision d'un point préliminaire, et qu'enfin, immédiatement après avoir prononcé sur l'effet de la résignation de leur collègue, "the arbitrators then proceeded to hear the arguments of counsel for Ontario on several of the heads stated in the printed case for that Province, and some progress having been made, the arbitration was adjourned until the next day." De fait plusieurs séances furent tenues après la résignation de l'honorable juge Day, où la Province d'Ontario procéda *ex parte* à sa preuve et à sa plaidoirie au mérite.

La première question que les deux arbitres restant en office avaient à examiner, était de savoir s'ils avaient juridiction pour continuer l'instruction de la cause.   C'est ce qu'ils n'ont pas fait. Autre chose est le pouvoir de la majorité de décider un litige en état d'être jugé et autre chose est celui de poursuivre et compléter seule une instruction commencée devant tous les arbitres.

N'est-ce pas un principe élémentaire du droit Anglais et du droit Français que l'instruction d'une cause commencée devant certains juges, qui en sont saisis, doit être terminée devant les mêmes juges, sauf à la majorité, s'il y a lieu, le droit de juger, et ce à peine de nullité.   Cette règle de procédure est strictement suivie dans toutes les juridictions judiciaires, tant en Angleterre qu'à Québec et à Ontario.

Supposons que l'honorable juge Day fut décédé durant le cours de l'instruction, en tout temps avant le jugé du litige, pourrait-on soutenir qu'une nouvelle commission ne fut devenue nécessaire, tout comme si aucun procédé n'eût été fait ? Et pourquoi en serait-il autrement, lorsque l'un des arbitres se retire durant l'instruction, et qu'il laisse ainsi sa partie principale sans représentant dans la cause ?

Les honorables arbitres n'ont cité aucune autorité, ni donné aucune raison pour établir une exception à l'égard des procédures devant des arbitres ; et l'on peut affirmer de suite, sans craindre de se tromper, que la chose leur était impossible. Les précédents mêmes qu'ils invoquent comme reconnaissant à la majorité des arbitres le droit de juger, sont sur la question de procédure contraires à la position qu'ils ont assumée.

Dans la cause de *Green v. Miller* [*] "all the arbitrators met and heard the proofs and allegations of the parties." Dans celle de *Grinley v. Barker* [†] "all the arbitrators were regularly assembled," lors de la reddition du jugement. Ces deux cas sont pourtant les principales autorités des honorables arbitres ; et si l'on ajoute que ces quelques lignes se trouvent dans leurs citations mêmes, on ne peut s'empêcher de se demander comment ils ont entièrement négligé de prendre en considération ce premier point de leur juridiction ? Le public ne s'en étonnera pas lorsqu'il apprendra que l'un des honorables arbitres a été forcé de faire dans son rapport ce remarquable aveu : " *Unskilled as I am in legal technicalities, taking an equitable common sense view of the question,*" &c. C'est donc de l'équité et du *common sense* (qui n'est pas toujours le bon sens, surtout en matières légales), et non du droit, que les honorables juges ont voulu consacrer par leur sentence. Personne ne doit maintenant être surpris qu'ils n'aient donné aucune attention à la condition *sine quà non* que leurs autorités prescrivent pour la validité du vote final de la majorité des arbitres, savoir, que la cause doit être en état d'être jugée ? Elle leur a paru sans doute une *legal technicality,* aussi peu compréhensible que pratique. En lisant les rapports des deux causes déjà citées, on verra que les juges Anglais et Américains, qu'ils ont prétendu suivre, sont d'un avis différent.

Les décisions anglaises ne manquent pas sur cette partie du sujet.

Dans une cause de *Thorpe v. Cooper,* [‡] le lord juge-en chef Best disait : "Awards made under acts of Parliament are governed by the same rules as apply to awards made on the submissions of individuals"; et il n'y a aucun doute qu'en matière d'arbitrage privé, la cause doit être instruite devant tous les arbitres. "The award of the arbitrators," disait le juge Coleridge *in re Wade v. Dowling,* [§] "must be done *simul* and *semel.*" [||]

---

[*] 6 Johns. 38.   [†] 1 Bos. & Pul. 236.
[‡] 5 Bing. 16, 1828.   [§] 1854 Eng. L. & Eq. Rep. 107.
[||] Voir aussi *Peterson v. Ayre* (30 ib. 535).

Dans la cause de *King v. Whitaker,* * citée par l'avocat d'Ontario, et où il s'agissait d'un arbitrage en vertu d'un statut, le lord juge-en-chef Tenterden s'exprima ainsi : " Now if by law an apportionment made by two according to their opinion, *after a meeting of all three,* is good, we ought not to grant a *mandamus* to the three; and we are of opinion that by law an apportionment made by the two (*the three having met*), is a good apportionment." Ici comme dans les autres cas, tous les arbitres ont siégé jusqu' au jugé du litige.

En référant à Caldwell *on Arbitration,* à l'endroit cité par les honorable arbitres,† on trouve la même règle clairement énoncée : " Referees," dit-il, " appointed under a statute must all meet and hear the parties, but the decision of the majority will be binding."

Aux Etats-Unis, où le droit commun anglais domine, tous les arbitres, en matière publique comme en matière privée, doivent entendre les parties avant que la majorité puisse se prononcer. C'est ce qu' indique la décision en cause de *Green v. Miller* déjà mentionnée, et c'est aussi la doctrine qu'ont consacrée plusieurs autres arrêts. ‡ " If all had heard the parties," disait le Juge-en-Chef Parsons *in re Short v. Pratt,* " two might have made a report against the assent of the third; but his opinion and arguments might have had an influence on the judgments of the others and have produced a different report, although he might finally have dissented." Dans la cause de *Cumberland v. North Yarmonth,*§ Mellen, C. J., disait: " *If after a joint hearing of the parties and their proofs in the first instance* and before a re-commitment, one of the referees absent immediately, or refuse to consult with his brethren, or to give any opinion, then the two others have full power to decide the cause upon the evidence *previously produced and heard by all.*"

Si cette loi commune est en force dans la Province d'Ontario, si elle doit dans tous les cas suppléer au silence de l'Acte de l'Amérique Britannique du Nord, comme l'ont maintenu les

---

* 9 B. & C. 648.

† P. 202.

‡ *Short v. Pratt,* 6 Mass. 496; *Walker v. Melcher* 14, id. 148; *Porter v. Dugat,* 12 Martin Louis. 245; *Carpenter v. Wood,* 1 Met. 411; *Campbell v. Western,* 3 Paige, 124; *Ackley v. Finch,* 7 Cow. 290; *Schultz v. Halsey,* 3 Sand. 405; *Thompson v. Mitchell,* 35 Maine, 281.

§ 4 Greenl. 468.

honorables arbitres, comment ont ils pu l'ignorer, vu encore qu'elle est conforme au droit commun de la Province de Québec ?

L'article 1346 de notre Code de Procédure Civile déclare que "les arbitres doivent entendre les parties et leur preuve respective" ; et l'article 1348 ajoute que "le compromis demeure sans effet dans le cas de décès, refus, déport ou empêchement d'un des arbitres," ou suivant la version anglaise, "in the case of death, *refusal*, WITHDRAWAL, or inability to act of one of the arbitrators."

En référant aux commentateurs, on verra que tel a toujours été et tel est encore le droit commun de la France. "Les arbitres," dit Mongalvry,* "doivent coopérer simultanément à tous les actes de l'instruction, à tous les procès verbaux de leur ministère, comme enquêtes, interrogatoires sur faits et articles," &c.†

Ces règles sont de droit immémorial ; on les retrouve dans le droit romain, dont les maximes appuyées généralement sur le droit naturel ont si largement passé dans le domaine du droit public moderne. "S'il y a trois arbitres," dit La Combe,‡ "la signature de deux est suffisante ; mais il faut qu'ils opinent tous ensemble : *Sufficere duorum consensum si praesens fuerit et tertius*, ALIOQUIN ABSENTE EO, LICET DUO CONSENTIANT, ARBITRIUM NON VALERE ; *quià in plures fuit compromissum, et potuit praesentia ejus trahere eos in ejus sententiam.*"§

En voilà plus qu'il ne faut pour démontrer qu'en supposant que la majorité des Arbitres Provinciaux avait pouvoir de juger l'objet de l'arbitrage, elle n'avait pas pouvoir d'entendre la continuation de l'instruction de la cause, comme la preuve et la plaidoirie d'une des parties. Même du consentement des deux Provinces, cette procédure eût été irrégulière et nulle ; car elle n'est pas autorisée par le statut qui établit leur juridiction.

Mais, dira-t-on, ces règles ne concernent que les arbitrages nationaux ou intérieurs. A cette objection nous répondons d'abord que c'est ainsi que les honorables Gray et Macpherson ont considéré l'Arbitrage Provincial.

---

* Traité de l'Arbitrage, p. 249.

† Pothier, Proc. Civile, p. 109 ; Code de Proc. Francais, art. 1011—1012 ; arrêt de la Cour de Cassation du 2 Sept. 1811, D., t. 1er, 687 ; De La Bilenneric, De l'Arbitrage, pp. 196—207.

‡ Jurisprudence Civile, Vo. Compromis, No. 3.

§ L. 17, § 7, *de recept. qui arbitr.*

Et pourquoi en serait-il autrement à propos de l'arbitrage inter-colonial, lorsque l'acte qui l'ordonne n'a pas de disposition sur le sujet ? "Les arbitres," dit d'ailleurs Fiore, * "ne peuvent procéder séparément et doivent se réunir pour prononcer la sentence définitive." Heffter † dit encore : "Lorsque plusieurs arbitres ont été nommés sans que leurs fonctions respectives aient été déterminées d'avance, ils ne peuvent, suivant l'intention présumée des parties, procéder separément."

Passons maintenant à l'examen de la seconde et dernière partie du sujet. La sentence arbitrale doit-elle être unanime ou simplement à la pluralité des voix ?

Le savant avocat pour la Province d'Ontario a prétendu dans sa plaidoirie que l'Acte d'Interprétation des statuts de la Puissance du Canada s'appliquait à l'article 142 de l'Acte de l'Amérique Britannique du Nord, 1867. Or, cet acte déclare :‡ "Lorsqu'un acte ou une chose doit être accompli par plus de deux personnes, la majorité d'entr'elles peut l'accomplir." Il est clair que ce statut, passé par une législature coloniale dans le but d'interpréter ses propres ordonnances (voir préambule de l'acte), ne peut s'appliquer à un statut impérial. En toute justice, il faut ajouter que les honorables arbitres n'ont pas cru devoir adopter cet étrange argument du savant avocat. Ils n'y font pas même allusion dans les notes de leur jugement.

Suivant le rapport des honorables arbitres, ils avaient pouvoir de décider seuls, uniquement parceque le droit commun anglais leur donne ce pouvoir.

L'on pourrait peut-être mettre en question l'autorité résultant des quelques décisions anglaises invoquées à l'appui de cette doctrine. Elles paraissent contraires à la doctrine énoncée par le lord juge-en-chef Best dans la cause de *Thorpe v. Cooper*; et elles sont si isolées et elles ont été rendues à une époque si éloignée, qu'on peut douter de leur exactitude, aujourd-hui surtout qu'elles paraissent oubliées dans la pratique. Il est difficile de trouver dans les récents statuts de l'Angleterre et des Etats-Unis, ordonnant des arbitrages publics, un seul exemple où le législateur n'ait pas pris le soin d'autoriser la majorité des arbitres à décider. Pourquoi les parlements de ces pays seraient-ils si particuliers à accorder un pouvoir qui existerait de droit commun ?

---

* Dr. Inter. p. 207.   † Dr. Inter. p. 207.

‡ Section 8e.

Admettons pour le moment l'existence de ce droit commun anglais.   Est-il applicable au cas actuel ?

Les autorités citées par les honorables arbitres maintiennent qu'il y a une exception à la règle générale ; c'est lorsque la volonté présumée du législateur est qu'il y ait unanimité parmi les arbitres.   " The question," a-t-on dit dans la cause de *Grinley v. Barker,* "*is still open whetl. on the construction of this particular statute, it does not appear that the arbitrators should concur.*"

Pour connaître l'intention de la clause 142e. de l'Acte de l'Amérique Britannique du Nord, 1867, il faut s'enquérir du but que se proposaient le Parlement Impérial et les Provinces de Québec et d'Ontario.

Chacune de ces provinces avait des intérêts immenses à sauvegarder, avant de consentir au nouveau régime ; chacune savait que le partage de leur actif et passif, alors en commun sous l'Acte d' Union de 1840, serait un terrain brûlant où leur intérêt matériel pourrait être sacrifié ; chacune prévoyait enfin que la question de la dette du Haut Canada, lors de son entrée dans l'Union, provoquerait de vives discussions.   Les deux provinces ont donc dû s'entendre sur les meilleures garanties d'un règlement juste et équitable.

De plus, le Gouvernement Impérial voulait donner au système fédéral des bases solides.   Il était par conséquent de la plus haute importance d'assurer une harmonie durable entre les deux plus grandes provinces de la Confédération.   Le Gouvernement de la mère-patrie n'a pas été sans prévoir que cette harmonie serait menacée, sinon totalement brisée par un partage injuste de leurs biens.   De là l'urgence d'adopter sur cette question vitale des mesures qui empêcheraient le mécontentement et même l'ombre d'une injustice.   Aussi le Parlement Impérial n'a pas voulu se charger du règlement de cette délicate affaire, dans la crainte sans doute d'inspirer de la défiance; il l'a soumise au jugement de trois arbitres, dont deux devaient être nommés par chacune des parties au partage et l'autre par le Gouvernement du Canada, aussi intéressé que les provinces mêmes à la paix et à l'union eutr'elles.   Enfin ces arbitres devant être unanimes, toute récrimination et toute plainte devenaient impossibles;   et la satisfaction des populations des deux provinces comme le succès du régime fédéral devenaient pour ainsi dire un fait accompli.

Si de telles considérations ne font pas voir que l'intention du statut Impérial est que les Arbitres Provinciaux soient unanimes, alors la règle posée en cause de *Grinley v. Barker*, qu'il faut avant tout consulter l'esprit du législateur, est fausse et illusoire.

Mais, dira-t-on, si telle était l'intention du législateur, pourquoi ne l'a-t-il pas déclarée en termes formels ? Suivant l'autorité de *Grinley v. Barker* et d'autres précédents, cette déclaration expresse n'est pas nécessaire ; il suffit qu'elle puisse tacitement être déduite du texte du statut et des circonstances. Et même a-t-on besoin d'expressions plus précises que celles de l'Acte de l'Amérique Britannique du Nord ? Pourquoi le législateur sera-t-il supposé avoir ordonné que la majorité des arbitres suffira, lorsqu'il dit purement et simplement que la question sera soumise à la décision de trois arbitres, sans même indiquer que l'un d'eux agira comme *tiers arbitre* ou *umpire* ? Ne peut-on pas soutenir avec raison que si le Parlement Impérial eût voulu autoriser la simple majorité à décider, il en aurait ainsi ordonné, comme il le fit d'ailleurs dans des occasions analogues.

Les exemples de ces arbitrages entre colonies sont rares ; mais on peut en citer. Lorsqu'en 1822, alors qu'il s'agissait d'un arbitrage entre ces mêmes provinces, le Parlement Impérial passa le *Canada Trade Act*,* s'est-il exprimé comme dans l'Acte de l'Amérique Britannique du Nord ? Puisque ces actes sont soumis aux règles ordinaires sur les arbitrages publics, pourquoi n'a-t-il pas tout simplement gardé le silence ? Non, il voulait que la majorité des trois arbitres eut pouvoir de juger ; et supposant que ce pouvoir n'existait pas de droit commun, il déclara à la section 21e *that the award of the majority of the said arbitrators shall be final and conclusive.* Il ne faut pas s'imaginer que le langage du législateur est quelquefois superflu et inutile. Les principes veulent qu'il ne parle que pour combler une lacune, corriger un vice du droit commun ou au moins pour en faire disparaitre les doutes.†

La règle que le principe de la majorité ne s'applique pas aux arbitrages intercoloniaux a son fondement dans l'essence même des choses, dans l'existence des colonies et la nature de l'objet de l'arbitrage intercolonial.

Les précédents cités par les honorables arbitres n'ont en effet aucun rapport au cas actuel. Là, il ne s'agissait que d'arbitrages

---

publics intéressant une faible portion d'un même État. Ici, il s'agit d'un arbitrage entre des pays distincts et étrangers l'un à l'autre quant à leurs biens, leurs lois et leurs législatures locales. Peut on avec raison et logique appliquer à cet arbitrage les règles qui régissent les arbitrages publics ordinaires, ordonnés dans l'intérêt d'un certain nombre des membres d'une même nation et d'un même gouvernement ?

Et par quelle autorité les honorables arbitres imposent-ils ce droit commun anglais à la Province de Québec ? Est-ce parceque l'Acte de l'Amérique Britannique du Nord, étant un acte Impérial, devrait être interprété suivant le droit commun anglais, qui en serait pour ainsi dire le complément ? C'est ce que les honorables arbitres ont omis de nous faire connaître. Peu importe ! L'acte Impérial, étant exécuté en dehors du territoire de la Grande Bretagne, n'apporte pas avec lui le droit commun anglais ; car aucune partie de ce droit ou des actes Impériaux ne s'étend aux colonies sans une déclaration expresse des Parlements compétents. Sans une telle introduction, la Province de Québec ne reconnait aucune des lois anglaises, excepté celles qui se rapportent à la Couronne.* Sous tous les autres rapports, elle a ses lois propres, et elle ne peut par conséquent admettre le principe du droit anglais introduit seulement par les honorables arbitres Gray et Macpherson.

Mais, dira-t-on, la règle du droit commun anglais doit servir d'interprétation au statut Impérial, parcequ'elle fait partie du droit commun de la Province d'Ontario. Ainsi, ce serait la force du droit colonial et particulier de l'une des parties à l'arbitrage qui devrait gouverner. Je comprendrais ce raisonnement si les arbitres avaient été nommés en vertu d'un statut de la Province d'Ontario, et s'il s'agissait d'un arbitrage public entre les membres de cette colonie. Mais ici les arbitres procèdent en vertu d'un statut Impérial, qui ne leur prescrit pas même de siéger de préférence dans l'une ou l'autre des Provinces ; et de fait ils ont siégé dans chacune d'elles. Il est évident qu'ils ne sont pas autorisés à prendre connaissance des lois particulières d'aucune de ces Provinces.

Enfin si le droit privé d'un État ou d'une colonie pouvait prévaloir dans une matière de cette nature, il en résulterait des

---

* 14 Geo. 3, c. 83, 1774, ou Statuts Refondus du Canada, sec. 8e, page 10 et suiv. Forsyth, Constitutional Law, pp. 2, 11, 16, 18, 19, 21.

injustices innombrables, lorsque les deux colonies intéressées auraient des règles de droit différentes, comme dans l'espèce actuelle.

Le Code de Procédure Civile de la Province de Québec, il est vrai, pose comme règle que la majorité des arbitres lie la minorité, mais il ne parle que des arbitrages privés sur compromis ou ordres des tribunaux. Il ne contient aucune disposition sur les arbitrages autorisés par des statuts spéciaux de la Législature fédérale ou locale; et aucun précédent ne peut être invoqué, consacrant le principe qu'en matière d'arbitrage public la règle en Bas Canada est la même qu'en matière d'arbitrage privé. La Province de Québec n'a pas de droit commun sur le sujet.

Il y existe un droit public consacré par la pratique de sa Législature. Dans tous ses statuts ordonnant la nomination d'arbitres ou commissaires, le pouvoir a été donné d'une manière expresse et invariable à la majorité des arbitres de juger. Ainsi à propos des expropriations faites sons l'empire de l'Acte Municipal de 1860,* le législateur déclare que les évaluateurs municipaux *ou deux d'entr-eux* (ils sont au nombre de trois) pourront déterminer l'indemnité. Il en est de même des expropriations dans la Cité de Montréal; deux des trois Commissaires ont le droit de décider.† A l'égard de la codification de nos lois civiles, les Statuts Refondus du Bas Canada ‡ déclarent que le rapport de deux des trois Codificateurs suffira. Même au sujet des arbitrages dans les cours des commissaires pour la décision sommaire des petites causes dans chaque paroisse, le statut a le soin de dire que la majorité des trois arbitres décidera.§ Tous ces exemples, auxquels on pourrait en ajouter un grand nombre d'autres, ne démontrent-ils pas que la Législature de la Province de Québec a consacré le principe qu'en matière d'arbitrage public l'unanimité est requise, à moins qu'il en soit ordonné autrement?

Il y a plus. Dans la Province d'Ontario, il ne parait pas que la prétendue règle du droit commun anglais ait été adoptée par sa propre Législature. Qu'on ouvre ses Statuts Refondus, et l'on verra que dans tous les cas où une ordonnance autorise un arbitrage public, elle déclare formellement que le vote de la majorité l'emportera. Ainsi la 8e Vict. c. 20, s. 5, à propos des arbi

---

* 23 Vict. c. 61, S. 50. † 27-28 Vict. c. 60, s. 13.
‡ C. 2 Sect. 16. § 7 Vict. c. 19, s. 17.

trages par les trois inspecteurs de clôtures, dit que " the fence viewers, or any two of them," décideront. L'Acte Municipal du Haut Canada,* tel qu' amendé par le chapitre 26 de ses Statuts locaux de 1869, veut pareillement que les arbitrages qu'il permet puissent être déterminés par la majorité des arbitres. On trouve une semblable disposition dans le statut concernant les Compagnies à fonds social des Chemins, *Joint Stock Road Companies*: † "*and any award made by a majority of the said arbitrators shall be final.*"

Ce n'est pas tout.   Il y a sur le sujet un droit public colonial commun au Bas et au Haut Canada, même à toute la Puissance.

Les Statuts Refondus du Canada, c. 28, s. 4, ordonnent que les arbitres officiels, chargés d'estimer les dommages causés par des travaux publics, *ou la majorité d'entr'eux* jugeront.   Pareillement, à l'égard des expropriations par des Compagnies de Chemins de Fer, ‡ et des arbitrages sur applications concurrentes pour patentes ou brevets d'invention. §   De semblables clauses se trouvent dans les statuts de la Puissance de 1867 à propos des arbitres officiels || et des évaluateurs des terrains appropriés pour le Chemin de fer Intercolonial.¶   Nous ne voulons pas prolonger cette liste.   Elle est plus que suffisante pour établir que nos Législatures Coloniales n'ont jamais considéré la règle du droit commun anglais comme étant en force en Canada ; et, remarquons le en passant, elle fait aussi voir que la clause de l'Acte d'Interprétation, déclarant que quand un acte doit être accompli par plus de deux personnes, la majorité de ces personnes pourra l'accomplir, ne s'applique qu'aux corporations et non aux arbitres ou commissaires non incorporés.   Aussi, les divers actes d'incorporation en existence dans le pays sont silencieux à l'égard du pouvoir de la majorité des membres de la corporation de lier la minorité.

Il ne nous reste plus qu'un dernier point à développer pour clore cette étude déjà peut-être trop longue.   Existe-il quelque doute dans l'esprit du lecteur sur la nullité de l'Arbitrage Provincial ?   Se trouve-t-il encore quelques parties de cet im-

---

* Sect. 339, par. 13.

† Stat. Ref. du H. C., c. 70, s. 17.

‡ S. R. du C., c. 66, s. 11, par. 11.

§ Ibid c. 34, s. 15.

|| 31 Vict. c. 12.

¶ 31 Vict. c. 13, § 14.

important débat non comprises oudouteuses. La considération
suivante devra dissiper toute incertitude. Il ne faut pas regarder
l'acte de l'Amérique Britannique du Nord, 1867, comme un
simple statut, ni l'arbitrage qui y est ordonné comme d'intérêt
public seulement. Cet acte Impérial doit être vu à la lunière des
règles sur les traités entre nations ou États étrangers, et cet arbitrage doit être soumis aux règles du droit international public.

L'Acte de l'Amérique Britannique du Nord, 1867, a tous les
caractères d'un traité entre les provinces confédérées, parcequ'-
elles ont toutes les marques des États confédérés ou unis, et qu'il
est de leur intérêt particulier et général qu'elles soient ainsi con-
sidérées.

Mais, objectera-t-on, la Puissance du Canada ne forme pas un
État souverain. On ne saurait soutenir que le Canada bien qu'il
ait aujourd'hui de vastes territoires, sa législature et son gouvernement propres, ses lois civiles et criminelles distinctes de la métropole, son système indépendant de douanes, monaies et de papier
crédit ou national, ses statuts particuliers de milice intérieure et
de protection de ses côtes maritimes, ses agents d'immigration à
l'étranger, sa représentation dans les expositions internationales,
et. qu'il exerce plusieurs autres droits des nations souveraines,
même à l'encontre des lois ordinaires de la Grande Bretagne, on
ne saurait soutenir, disons-nous, que le Canada soit un État ou
un pouvoir indépendant et souverain.

Néanmoins ses actes devront être soumis aux règles du droit
international, tant qu'ils auront lieu dans les limites de sa constitution. Il semble qu'on doit considérer la Puissance du Canada
comme un de ces États que les auteurs appellent mi-souverains.

"Un Etat," dit Esbach,* "n'est plus que mi-souverain, quand
un autre a acquis contractuellement le droit de s'immiscer dans
l'exercice de son gouvernement ou de le déterminer dans une
partie de ses actes intérieurs ou extérieurs. Pareille restriction
affecte surtout la souveraineté extérieure, et le degré s'en déter-
mine par les clauses du traité qui a créé cette semi-dépendance.
Un Etat, quoique mi-souverain, n'en est pas moins un Etat: il
continue à pouvoir invoquer directement les principes du droit
international, et conserve le droit de traiter, comme puissance
indépendante avec les autres Etats, sur tous les points autres que
ceux sur lesquels il est tenu à subordination."

---

* Introduction à l'Etude du Droit, p. 65.

" The mere fact," dit Halleck,* " of dependence, however, does not prevent a State from being regarded in international law as a separate and distinct sovereignty, capable of enjoying the rights and incurring the obligations incident to that condition. Much more importance is attached to the nature and character of its connexion with other States and the degree and extent of its dependence."

Wheaton † : " States, which are thus dependent on other States in respect to the exercise of certain rights essential to the perfect external sovereignty, have been termed semi-sovereign States."

Heffter ‡ : " Il faut convenir que l'idée d'une mi-souveraineté est très vague et présente même une espèce de contre-sens, le mot de souveraineté excluant toute dépendance d'une puissance étrangère. Il n'est pas même possible de ramener à un type unique les restrictions nombreuses dont cette dernière est susceptible. Néanmoins, comme le terme a une signification double : souveraineté extérieure par rapport aux puissances étrangères, souveraineté intérieure de l'État ; il est permis de parler d'un État mi souverain pour indiquer la nature bâtarde d'un corps politique condamné à subir dans ses rapports extérieurs l'impulsion d'une puissance étrangère."

Le Canada, avec ses privilèges et ses pouvoirs actuels, ne doit donc plus être considéré comme une simple colonie, mais comme un État aux yeux du droit des gens ou international ; et ses récents procédés ou lois sur la question des Pêcheries et celle de la navigation du St. Laurent, reconnus par les Etats-Unis comme étant du domaine international, démontrent que cette situation politique est un fait accompli.

Sous le système de l'Union qui nous régissait avant la constitution actuelle, voici comment notre autonomie était considérée. L'opinion que nous allons invoquer doit faire autorité ; car elle émane d'une illustration de la science et d'un esprit impartial n'ayant aucun intérêt à nos débats.

" Les colonies," dit le Professeur Bluntschli,‖ " quoique dépendant politiquement de la métropole, peuvent cependant avoir un certain degré d'indépendance et faire certains actes rentrant dans le domaine du droit international. Le grand éloignement

---

* Int. Law, p. 65. † Int. Law, § 34.
‡ Droit International, p. 37. § Klüber, Droit des Gens, § 2[illegible]
‖ Traité du Droit International, p. 87.

des Colonies d'outre-mer rend souvent désirable, dans l'intérêt même de celles-ci, qu'elles aient un gouvernement spécial et jouissent d'une représentation distincte. Quoique, à l'origine, la mère-patrie soit seule le siége de la souveraineté, le développement de la colonie exige une plus grande liberté de mouvements. C'est par ce moyen que les colonies arrivent à avoir une vie propre et à s'ériger même en États souverains. L'histoire de l'Amérique est très instructive sous ce rapport. Comme exemple de bonne politique coloniale, nous pouvons citer la conduite actuelle de l'Angleterre depuis les réformes de Lord Durham au Canada en 1836."

La diplomatie a de fait reconnu que l'Acte d'Union de 1840 donnait au Canada les droits de la souveraineté sur toutes choses, excepté certaines matières spéciales. En 1841, le Procureur Général des Etats-Unis, l'Hon. H. S. Legare, en parlant du pouvoir des Etats de l'Union de faire des traités d'extradition, s'exprimait ainsi : " I am of opinion that it is necessary to refer the whole matter to Congress and submit to its wisdom the propriety of passing an act to authorize such of the States as may choose to make arrangements *with the Government of Canada or any other foreign State* for the mutual extradition of fugitives.[*]

Le Gouvernement de cette Province a d'ailleurs toujours été considéré comme mi-souverain, même sous la Constitution de 1791: " The Legislature of Lower Canada," disaient en 1838 le Procureur-Général Sir John Campbell et le Soliciteur-Général Sir R. M. Rolfe, " as constituted by 31 Geo. 3, c. 31, had conferred upon it *a general sovereign legislative power within the province*." [†]

Aussi le Gouverneur du Canada et les Lieutenants-Gouverneurs des Provinces-Confédérées ou unies ne sont pas de simples officiers publics. Suivant l'expression significative de Lord Mansfield, " the Governor is in the nature of a viceroy." [‡]

L'histoire des nations nous fournit une dernière preuve sur ce point. En référant à Esbach,[§] on verra qu'il a existé et qu'il existe encore plusieurs Etats qui, étant dans des conditions de dépendance plus onéreuses et restrictives que le Canada, sont néanmoins appelés mi-souverains. L'exemple le plus frappant

---

[*] 3 Attorney General's Opinions, 661.   [†] Forsyth, *ibid.* 466.
[‡] *Fabrigas v. Mostyn*, 20 State Tr. 181.
[§] Int. à l'Étude du Droit, p. 65.

est peut-être celui que nous offre la ci-devant République des
Iles Ioniennes en vertu du traité de Paris du 5 Novembre, 1815.
Comme dit Wheaton, * "in practice, the United States of the
Ionian Islands are not only constantly obedient to the commands
of the protecting power, but they are governed *as a British Colony*
by a Lord High Commissioner named by the British Crown."

"Thus," disaient, en 1855, les officiers en loi de la Couronne,
Sir John Harding, Sir A. E. Cockburn et Sir Richard Bethell,
"the Ionian State is, as regards its foreign relations, dependent
on this country, while with reference to its internal government
it remains an independant State." †

Nonobstant toutes les restrictions de sa Constitution, pour nous
servir des termes de Wheaton, ‡ "in such a manner as materially
to abridge both its internal and external sovereignty," la République des Iles Ioniennes était regardée par les nations comme un
Etat mi-souverain. §

Les publicistes vont jusqu'à maintenir que les tribus sauvages
soumises à un pouvoir étranger doivent être traitées comme des
Etats mi-souverains, "The political relation of the Indian
nations on this continent towards the United States," dit encore
Wheaton, ‖ "is that of semi-sovereign States, under the exclusive
protectorate of another power."

Quoiqu'il en soit, que le Canada soit ou non soumis aux règles
du droit international dans ses rapports avec les nations étrangères la situation politique ou internationale des Provinces
conféderées vis-à-vis d'elles mêmes n'en serait nullement affectée
Quand bien même la Puissance serait demain déclarée indépen
dante et souveraine, cette circonstance n'altèrerait que la position
politique et internationale du gouvernement féderal vis-à-vis de
autres nations, et non les relations des provinces conféderées entr
elles, qui ne changeraient pas d'un iota. Nous le répétons; quand
bien même l'Acte de l'Amérique Britannique du Nord, 1867, n
serait pas un acte de droit international vis-à-vis du monde entier
il a tous les caractères et les effets d'un traité entre les province
conféderées.

Il suffit de se rappeler que cet acte est le fruit des conférence
de Québec entre ces mêmes provinces et de leur requête respecti
au Parlement de la Grande Bretagne, que chacune de ses claus

---

* § 36.   † Forsyth, *ibid.*, 475.   ‡ § 36.

§ *Ibid.*   ‖ § 38.

n'y a été adoptée qu'avec l'assentiment de leurs délégués à Londres ; il suffit, disons-nous, de constater que cet acte Impérial pourvoit à l'existence séparée de toutes ces colonies avec leurs propres lois, leurs biens particuliers, et même leurs législatures locales, sujets aux restrictions créées en faveur du pouvoir général ou fédéral et de la Couronne Anglaise ; et l'on se convaincra que l'intervention du Parlement Britannique n'a eu lieu que pour mettre à effet ces conventions intercoloniales. Vis-à-vis des provinces confédérées et entr-elles, l'acte de l'Amérique Britannique du Nord, 1867, a tous les caractères et doit avoir tous les effets d'une traité ou d'une convention internationale.

On peut assimiler les Provinces Britanniques aux Etats de l'Union Américaine, qui séparément ne sont pas des états souverains. Or, ces Etats sont régis entr-eux par les règles du droit international public. " Thus," dit Woolsey, * " the States of this Union, in the view of our science, are not sovereign, for they cannot exercise the treaty making power, nor that of making war and peace, nor that of sending ambassadors to foreign courts. They can only exercise towards foreign nations those private rights which may pertain to any individual or association. *It is to be observed, however, that between states of qualified sovereignty, the law of nations has application so far as it is not shut out by restrictions upon their power."* † " The question arises," disait le juge Barbour dans l'affaire de *Marlatt v. Silk*,‡ " under, and is to be decided by, a compact between two States," (c'est à dire, deux Etats de l'Union Américaine) " where, therefore, the rule of decision is not to be collected from the decisions of either State, *but is one, as we may so speak, of an international character.*"

" But if a State," dit encore Halleck,§ " has lost these qualities (of independence) by such union with others, either by becoming subject to their will or by creating a new national power, of which it is only a component part, it can no longer be regarded in the eye of international law, as a sovereign state, *although it may retain many of its sovereign rights with respect to its confederates.*"

---

* Int. Law, p. 52, § 37.

† Voir aussi *The State of Rhode Island v. The State of Massachusetts*, 12 Peters, 657, 738, 743, Baldwin, J.; *The Bank of Augusta v. Earle*, 13 Peters, 590, per Taney, J.

‡ 11 Peters, 22.   § Int. Law, p. 68.

Que faut-il de plus à l'arbitrage Provincial pour lui donner le caractère d'un arbitrage international public ? Son objet intéresse deux gouvernements légitimes et reconnus par les deux parties litigantes. Il est impossible, à notre humble avis, de ne pas appliquer à cet arbitrage les règles du droit international public.

Et quand bien même le Canada et ses provinces ne seraient pas des Etats, il est clair que l'arbitrage Provincial ne peut être sommis à aucun droit particulier ; il faudra donc lui appliquer le droit naturel, qui est la base du droit international public.

La matière de l'arbitrage international n'est point ou est légèrement touchée dans les productions de la science qui nous sont parvenues. Ce mode admirable de régler les différends entre les nations, assez fréquent dans l'antiquité et au moyen âge, est depuis longtemps presque tombé en désuétude. Il appartenait à notre siècle de le faire revivre ; ce qui a fait dire à Mr. le Professeur Lieber : "Cette institution appartient aux temps modernes, ou plutôt à l'époque actuelle." *

L'éminent professeur italien Fiore, dans son nouveau Droit International Public, en dit néanmoins quelque chose ; et ce qu'il en dit nous semble dans le sens que nous soutenons. "Pour," dit il, † "qu'un jugement arbitral soit possible, il est nécessaire qu'entre les deux parties intervienne un compromis par lequel les parties s'obligeraient volontairement à se sommettre au jugement de personnes choisies *et établiraient le mode de procéder et la limite du pouvoir accordé aux arbitres.*"

On peut citer le dictum de Heffter comme contraire à nos prétentions. "En cas de désaccord entr-eux," dit-il, ‡ "l'avis de la majorité doit prévaloir *conformément aux principes de la procédure ordinaire.*"

Il est difficile de comprendre comment on peut invoquer ces principes, puisqu'ils ne reposent pas sur la nature des choses et le droit naturel. Les règles de la procédure ordinaire d'un Etat sont trop variées et souvent trop opposées à la procédure des autres pays, pour pouvoir s'appliquer aux délibérations internationales. Cette proposition est si vraie qu'elle est reconnue par Heffter lui-même. "Ce droit de libre examen," dit-il, § au titre de *Pratique des Congrès,* "ne cessait naturellement pas no

---

* Revue de Droit International, Vol. 2, page 402.
† Dr. Int., vol. 2, p. 206.   ‡ Dr. Int. p. 207.   § Id. p. 49

plus dans le cours des négociations mêmes. Chaque puissance restait indépendante dans ses opinions et dans ses déclarations; *rien ne se décidait par la majorité des voix.*"

Si l'unanimité est requise dans les Congrès comme l'affirme Heffter, la même règle doit prévaloir dans les procédures des arbitres internationaux.

D'ailleurs, si la discussion ou l'opinion des auteurs sur la question fait défaut; les principes sont clairs et précis et y suppléent.

D'après ces principes, les traités ou les conventions pour arb'.-trage international font loi, mais non au délà de leur contenu; ils sont considérés comme des contrats *et sont soumis aux règles d'interprétation de ces derniers.** Or ces règles, telles que posées par Vattel, † sont 1o. Qu'il n'est pas permis d'interpréter ce qui n'a pas besoin d'interprétation; 2o. Que ni l'un ni l'autre des contractants n'est en droit d'interpréter l'acte à son gré; 3o. Que leur interprétation doit être fondée sur la droite raison et sur la loi naturelle et non pas sur les lois particulières de l'un des contractants; 4o. Qu'il faut, enfin, toujours rechercher l'intention des parties.

Dans l'espèce actuelle, il ne peut exister d'ambiguité. Les deux provinces de Québec et d'Ontario déclarent soumettre le partage de leur actif et passif à la décision de trois arbitres. Comment en face d'un langage si net et en présence des faits et des circonstances, peut-on raisonnablement supposer qu'elles ont voulu le soummetre à la décision de deux arbitres ?

Enfin l'histoire des traités, que l'on peut appeler la jurisprudence internationale, vient à l'appui de nos prétentions. On peut bien citer quelques rares exemples où des différends furent soumis à trois ou plus de trois arbitres, sans déclarer que la majorité d'entr'eux déciderait; mais ou ne trouvera pas un seul cas où la sentence arbitrale ait alors été rendue par la majorité. En sus, il existe une foule d'espèces où le pouvoir de juger a été donné à la majorité des arbitres (au nombre de trois ou plus) de la manière la plus expresse. Ainsi par le traité de 1795 entre les Etats-Unis et l'Espagne à propos des dommages causés par la prise illégale des navires, il est convenu que *the award of the said*

---

* Gardner's Inst.; 14 Peters, 11; 7 id. 86–88; 8 Wheaton, 490; Wheaton, Int. Law, ₰ 287; Vattel, liv. 2, ch. 17; Rutherford's Int. Law, b. II, ch. 7; Grotius, *De Jur. Bel. ac Pac.*, lib. II, ch. 7.

† T. 2, p. 48 *et suiv.*

Commissioners or any two of them, sera finale. Il en est de même du traité de 1794 entre les Etats-Unis et la Grande Bretagne. L'article 6 déclare: *and all decisions shall be made by the majority of the voices of the Commissioners.* L'Acte de la Diète Germanique du 30 octobre, 1824, établit une juridiction arbitrale chargée de décider les differends entre les Etats confédérés; et l'article 6 porte entr'autres choses: " The judges—arbitrators, including the umpire, shall decide *by a majority of voices*, the matter in controversy." *   La déclaration du 14 Novembre, 1842, entre la Grande Bretagne et la France renvoie l'estimation de certaines réclamations "à des commissaires-liquidateurs, l'un anglais, l'autre français, *lesquels seront départagés au besoin par un commissaire sur—arbitre prussien.*" La commission nommée en vertu de l'article 16 du Traité de Paris de 1856 est chargée d'arrêter les droits qui y sont specifiés *à la majorité des voix*   Les traités de la Grande Bretagne avec la République d'Honduras (1859) et celle du Nicaragua (1860) donnent plein pouvoir aux deux arbitres de ces deux gouvernements d'en nommer un troisième, lequel sera *an arbitrator or umpire in any case or cases in which they may differ in opinion.* Même dans le récent traité proposé en 1869 entre la Grande Bretagne et les Etats-Unis pour le règlement de la question de *l'Alabama* par quatre arbitres, il est expressément stipulé que la majorité d'entr'eux pourra décider.†   On trouve de semblables stipulations dans un grand nombre d'autres traités et, en particulier, celui de 1802 entre les Etats-Unis et l'Espagne et celui de 1819 entre les mêmes nations.

A-t-on besoin d'une autorité pour établir que tous ces exemples font loi?   La voici : " Although," dit Halleck, ‡ " one or two treaties, varying from the general usage and custom of nations, cannot alter the pre-existing international law, *yet an almost perpetual succession of treaties, establishing a perpetual rule, will go very far toward proving what that law is upon a disputed point.*"

Tous ces précédents sont une démonstration complète qu'aux yeux du droit des gens, les arbitrages entre Etats souverains ou dépendants, n'ont pas d'autres règles que celles qui sont arrêtées par la convention, et que pour que la majorité ait le pouvoir de

---

* Wheaton, sec. 54.
† Revue de Droit International, vol. 1er. p. 450.
‡ International Law, p. 60.

juger le différend, il faut de toute nécessité que ce pouvoir lui soit expressément accordé par le compromis.

En résumé à notre humble avis, la sentence arbitrale des honorables Gray et Macpherson est nulle :

1o. Parceque la cause n'a pas été totalement instruite devant les trois arbitres, et qu'elle n'était pas en état d'être jugée lors de la résignation de l'hon. Juge Day.

2o. Parceque la dite sentence ne pouvait être prononcée que par tous les arbitres à l'unanimité, et non à la majorité des voix seulement.

D. GIROUARD.

———

L'article qui précède indique suffisamment notre intention de discuter uniquement la validité de la sentence des honorables arbitres, au point de vue de leur juridiction. Nous n'avons pas parlé du mérite du partage, s'il doit se faire suivant les principes *de la société*, comme l'a maintenu l'honorable Juge Day, ou suivant ceux *des associations politiques*, comme l'a décidé la majorité de ses collègues. L'examen de cette dernière question touche de trop près aux intérêts politiques pour être l'objet d'une revue légale. Qu'il nous soit permis de remarquer que s'il est admis que la procédure de cet arbitrage doit être soumise au droit international, le mérite de l'arbitrage même doit être décidé suivant les principes de ce droit.

D. G.